LA SIBILLE

FRANCOISE, OV DER-
NIERE REMONSTRANCE
au Roy.

OV SONT BRIEFVEMENT
*discouruës les plus importantes raisons, qui
peuuent mouuoir sa Maiesté à se resoudre
sur le restablissement des Iesuistes.*

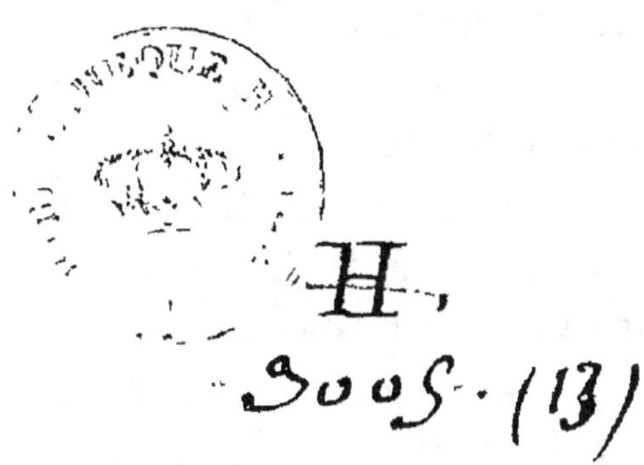

A VILLE-FRANCHE,

M. D C. II.

LA SIBILLE

FRANÇOISE, OV DER-
niere Remonstrance au Roy.

Où sont briefuement discouriües les plusimportātes
raisons qui peuuent mōuuoir sa Maiesté à se
resoudre sur le restablissemēt des Iesuistes.

GRãd Roy qui pour loyer d'vne insigne vail-
lance
Portez l'Auguste nom de sauueur de la Frã-
Pour auoir courageux parmi tant de danger   (ce,
Preserué cét estat des mains de l'estranger :
Prestez à ce besoin l'oreille pour entendre
Les cris qu'aux bōs Frãçois la crainte fait respãdre,
En vous voyant pressé par maint & maint flateur
De remettre à Paris l'escadron massacreur
Des Princes & des Rois, ceste maudite race,
De la secte desquels fust autheur vn Ignace
Vassal de vos ayeuls, & rebelle à leurs loix
Et, si iamais l'amour de tant de bons François:
Peut rien en vostre endroit, vostre ame soit attainte
Des lugubres accents de leur dolente plainte,
Pour ne les r'apeller, eux qui ont massacré
Vostre predecesseur du sainct huile sacré,
Prince qui sagement guidoit la republique,
Zelateur tresdeuot de la foy Catholique.
Vous mon Prince defunct, de qui ces assassins

"

Ont par leurs trahiſons auancé les deſtins,
Inſpirez moy d'enhaut voſtre docte eloquence,
Faites tant que ma voix s'etende par la France,
Deſcouurez moy du ciel ces rouges flots de ſang,
Que ces tigres ont faict couler de voſtre flanc,
Flang que d'vn Patagon la dextre ſanguinaire
N'auroit iamais percé de ſa lame meurtriere:
Guidez donques ma plume, articulez ma voix,
Pour grauer ceſt outrage au cœur de vos François,
Qui par trop aſſeruis à la cour Vaticane,
Ont preſque ruiné l'Egliſe Gallicane,
Perdu ſes libertez, tollerant parmi nous
Ces monſtres plus cruels que les ours ny les loups.

    Monarque des François, le Prince qui deſire
Que ſes enfans vn iour heritent ſon Empire,
Se doit garder ſur tout que dedans ſon eſtat
N'aye des partiſans quelque autre potentat:
Or Sire ces Iudas que voſtre cour ſupreme
A chaſſés de Paris pour leur malice extreme
Ont l'ame Caſtillane, & n'ont d'autre deſſeins
Qu'arracher des François le ſceptre de vos mains,
Pour embellir vn iour des fleurs de lis dorées
Du Prince de Madril les armes bigarées,
Et faire quant & quant que du Roy Gallican
Le Sceptre ſoit ſubiect au foudre Vatican.

    Sire, les ennemis de l'heur de voſtre France,
Pour vous rendre du tout vuide de ffiance,
Vous vont repreſentant que voſtre Maieſté
Eſt ſi bien à preſent auec ſa ſainčteté,
Et que d'ailleurs le Roy qui commande à l'Ibere
Eſt voſtre bon voiſin, voſtre ami, voſtre frere.

    Poſons qu'il ſoit ainſi : pourtant ſouuenez-vous

Lors que telles raisons ils chantent deuant vous,
Si Philippe defunct, n'estoit aussi le frere
De nostre Roy deffunct, que ceste ame meurtriere,
Que ce diable encharné, ce mal-heureux Clement!
N'assassina iamais sans son consentement:
Et s'ils pourront d'ailleurs vous donner asseurance
Que les Papes tousiours aimeront vostre France,
Veu que ces beaux docteurs leurs intimes amis
Veulent que vostre estat au Pape soit soubmis,
Sapans les fondemens de vostre republique,
Auec les libertez de l'Eglise Gallique.
  Du temps du grãd François, & du dernier Louys
Ces blasphemes hideux ne furent onc oüis,
Et qui les eut osé proferer d'auanture
N'auroit il pas est é des corbeaux la pasture?
Aussi leur regne fu st & durable & heureux,
Et mourans chargez d'ans s'enuolerent és cieux,
Laissans à leurs nepueux paisible la Couronne,
Qui apres tant d'ennuis vostre chef enuironne:
Ce qu'ils n'auroient pas peu si semblables erreurs
Eussent de vos subiects vn coup saisi les cœurs,
Mais las! que dis je erreurs, ains plustost frenesiés
Lasches deuoyemens, fureurs, & heresies.
  Sire, on vous dit d'ailleurs que ces hommes icy,
Les lettres & les arts ont beaucoup esclaircy,
Que la religion leur est fort redeuable,
Pour auoir secouru en vn temps miserable
L'Eglise que Luter, & Zuingle, & Caluin
Auoient presque enyuré d'vn heretique vin,
Et qu'ils sont d'abondãs fort bons pour la ieunesse,
Qu'ils enseignẽt pour riẽ auec beaucoup d'adresse.
  Sire, auant que leur nom en France fust cognu)

A iij

L'Eglife Gallicane auoit bien fouftenu
Le choc des Huguenots, & les lettres fleurirent
Tant qu'Henry le fecond, & fon Pere vefquirent:
N'aguere on vid plufieurs és vniuerfitez
Plus entendus qu'euxtous en toutes facultez,
L'honneur defquels encor flambe deffus Parnaffe
Qui n'entrerent iamais en l'efcole d'Ignace :
Gerfon, Gaze, Pontan, Linacre, Calepin,
Clitouée, Faber, Titelman, & Pagnin
Mantuan, Sannafar, le Comte de Mirande,
Erafme le Soleil de la terre Flamende,
Reuclin, Valle, Viués, Antefignan, Clenard :
Picard, Saintes, Muret, Lindan, & Genebrard,
Budée, Pafferat & Talee, Finee
Fernel: Silues, Hollier, Rabelais, Chaffanee
Tiraqueau, Duaren, Cujas, & du Moulin
Conan, Fernaud, Rebuffe, Alciat, & Boudin,
Daurat, Lambin, Pibrac, Amiot, Viginaire
Defportes, & Garnier, & Ronfard qui efclaire
D'vn honneur nompareille terroir Vandofmois,
Et tire d'Ilion le tige de nos Roys,
Et mile & mile encor defquels la renommee
Reluit deffus ce mont en aftres allumee,
Admirables efprits qui tons ont merité
D'eftre prefque adorez par la pofterité,
Pour leurs doctes efcrits, qu'en efcrits & en chaire
Ceux-cy vont tronçonant d'vne main plagiaire :
Sans ceux-là ie viens à placer en ce lieu,
Qui d'vn culte diuers au noftre, feruent Dieu,
Pour s'eftre fequeftrez de l'Eglife Romaine,
Beze, Vermil, Vrfin, & l'vn, & l'autre Eftiene,
Zanche, Serres, Kemnit, Chandieu, Daneau, Mer-
    cier,

Melancton, Vvitacker, Constantin, Cheualier
Du Ion, Tremel, Merlin, Munster, Sibrãd, Aresse,
Scaliger, Godefroy, Port l'honneur de la Grece,
La Ramée, Hotoman, Pacius, & Coras,
Rondelet, Bucanan, le Plessis, le Bartas
Gens qni sans ce defaut n'ont manqué de merite,
Et passent en sçauoir la tourbe Loyolite,
En laquelle on ne voit que Caffars & Pedans,
Insolens pleins de fast & sur tout impudens,
Ausquels en vostre estat rien n'a donné creance
Que d'vne pieté l'hypocrite apparence,
Le nom trop arrogant de leur sodalité,
Et du simple chrestien la partialité,
Ils trenchent des sçauans sur tout en la Logique
Pour sçauoir seulement quelque trait Sophistique,
Leurs disciples aussi s'en rendent arrogans
Des qu'ils en ont aprins les simples rudimens :
Et se voit rarement qu'vn personnage excelle
En quelque faculté nourri en leur sequelle :
Où s'il le fait c'est bien qu'vn bon entendement
Surmonte le defaut de leur enseignement,
Cela se prouueroit par claire experience
Quand on visiteroit les escoles de France :
Où les Antecesseurs qui restent des fameux
Ont puisé le sçauoir autre part que chez eux,
De fait despuis qu'ils ont par flateuses paroles
Sçeu trouuer le moyen d'empieter nos escholes :
Tout est abastardi le sçauoir etteint
Des lettres nous n'auons presque le premier teint:
Des fruicts entrecueillis ces arbres nous produisent
Et le plus grand proffit qui vient de ce qui lisent,
Est d'auoir sçeu grauer en l'ame des François

Qu'on doit comme Tirans affaſiner les Rois,
Qui ne voudront tenir leurs eſtats du Conclaue,
De l'Eueſque Romain qui ſouuent eſt eſclaue,
Et contraint obeit au prince Caſtillan,
Qui luy donne la loy par Sicile & Milan,
Qui peut par les threſors des Indes & du Tage
De tous les Cardinaux acquerir le ſuffrage,
Ainſi obliquement le Monarque Gaulois
Du Roy des Caſtillans deura prendre les Loix.
    Faites donc o grand Roy qu'vne telle vermine
Aille à vos ennemis enſeigner ſa doctrine:
Et leur profite, ainſi ſerons nous enuieux
Que de ceſte façon ils les rendent heureux,
Car tant qu'ils obtiendrõt ces maximes damnables,
Ils doiuent eſtre à vous, & à nous deteſtables :
A vous qui ne tenés le ſceptre que de Dieu,
A nous qui ne pourrons ſi leur doctrin e à lieu :
Voir guiere plus long temps fleurir la loy Salique
Le ſeur Palladion de noſtre republique.
Quand vn Pape Eſpagnol nos Rois degradera,
Et aux Roys de Caſtille aſſeruir nous voudra.
    Grand Roy : peſés cecy remetez en memoire
Que ſeul Roy vous portez la couronne de gloire
Autour de voſtre chef, contre qui ces mutins
Pour retarder le cours de vos heureux deſtins,
Felons braſſent touſiours mainte & mainte entre-
     priſe,
Qui ne vous croyent point fils aiſné de l'Egliſe,
Vous eſtiment Tyran, qui dedans voſtre cœur
Couuez ce diſent ils voſtre premiere erreur:
Et que le diademe entoure voſtre teſte
Tant ſeulemét deſpuis que voſtre paix fuſt faite,

Aue c

Auec le Pere sainct, & que sa saincteté
Octroya le Pardon à voftre Maiefté.
    Ainfi tant de François qui cottent és hiftoires
Treze ans de voftre regne, en chantāt vos victoires,
A leur conte ne font qu'autant de charlatans
Efcriuains impofteurs qui nous flatent au temps:
Et mefme vos Edicts faicts durant ces quereles,
Qui portent le pardon de tant d'ames rebelles,
Ne font Edicts Royaux, font fans authorité
Venant d'vn qui n'auoit pour l'ors la royauté,
D'vn qui Tirant auoit la Couronne vfurpee,
Et n'auoit pour tout droit, que le droit de l'efpee,
Lequel le Pere fainct de Tiran à faict Roy
Lors qu'il le vit vainqueur fe profterner à foy
    Ils ont beau profterner dans leur hūble requefte
Que de ce qui s'eft fait durant cefte tempefte,
Qui cruelle eut fans vous fubmergé cet eftat,
Ils font bien defplaifants: que mefme l'attentat:
Du monftre qui nourri dans leur fecte damnable,
Fit forger en Enfer le coufteau detestable,
Dont parricide il vint voftre leure percer,
Fuft fait à leur defceu, ils ont beau furhauffer,
Par des mots recherchez voftre rare vaillance,
Et flateurs exalter voftre douce Clemence,
C'eft pour mieux vous piper, les hommes plus
    mauuais,
Ont les mots les plº doux: au pris d'eux vous n'auez,
Rien de fi volontaire, & rien de plus capable
D'auancer de l'eftat la cheute deplorable:
Pofons qu'ils foient fçauans, plus feront - ils de
    maux,
Qu'ils enfeignér pour rien : les fonds & les ioyaux:

B

Qu'ils ont à vōs ſubiects cautemét ſceu ſouſtraire
Depuis trente cinq ans monſtrent bien du contraire
Mais quoy! qu'enſeignent ils? qu'on peut tuer nos
   Roys?
Et que de voſtre eſtat les ſtatuts,& les Loix
Ne ſont qu'autant d'abus, ils plantent en Gaſcōgne
Au cœur des ieunes gens le los de Cataloigne:
Ils ont vrais Eſpagnols par leurs Inquiſiteurs
Cenſuré la Sorbone, & ſes plus grands docteurs,
D'ailleurs, ne ſçait on pas qu'ils on vrais plagiaires
Volé pluſieurs enfans d'entre les mains desperes,
Et les ont aueuglés en leur ſodalité
Pour auoir leurs moyens maugré leur volonté,
Les ayans relegués en l'Inde Occidentale,
Pour là perdre l'amour de leur terre Natale:
Les peres ce pendant triſtes & chargez d'ans
Ont terminé leurs iours leur perte lamentans,
Ayrault en eſt teſmoins ,qui ſacre à la memoire
D'vn acte ſi vilain la deplorable hiſtoire,
Et mil ,autres encor auſquels durant nos iours
Ces beaux religieux ont ioüé de tels tours.
Quoy ? S IRE pouuez vous ſortir de voſtre Louure
  Pour voir voſtre Palais qu'à vous ne ſe deſcouure
L'image de Briſſon,cet homme ſi fameux,
Seduit par ces pipeurs,& maſſacré par eux:
L'ombre de Duranti, ce rare perſonnage,
Le premier ornement du Senat Tecolage:
D'aphis voſtre Aduocat qui ſentit leur fureur,
Pour auoir bien ſerui voſtre predeceſſeur.
  Voila, Sire ,les fruicts de ceſte compagnie,
N'eſt-elle pas vtile à voſtre Monarchie?
Sans doute ils nous rendront pleins de felicité

Si l'on peut estre heureux estant sans liberté,
Et si le vray François peut oublier la France,
Et lasche suporter l'Espagnole arrogance :
   Mais outre leurs beaux faicts , considerez leurs
  vœux
Tels qu'ils sont ne sçauroient en France estre receus
Eux qui tant seulement releuent du sainct Pere,
Or par raisons d'esta ; nous tenons du contraire:
Qu'en France aucun ne peut auoir droict de cité
S'il n'a premierement iuré fidelité,
Au Roy des fleurs de lis, & de ne recognoistre
Ici bas apres Dieu autre que luy pour maistre:
Ils font vœu d'obeir en tout au General
De leur societé, soit en bien soit en mal:
Sans s'esmouuoir de rien aussi peu qu'vne souche
De mesme que si Christ leur parloit pat sa bouche:
Remarquez d'abondant que tous leurs Generaux
Ont esté iusqu'icy de l'Espagne vassaux.
Et tousiours le seront qui tascheront d'accroistre
Le pouuoir de leur prince & du pape leur maistre,
Auecque s'il vous faut iamais rien desmeler
Ne doutez las! la peur, la peur me fait parler
Qu'ils ne trouuent trop tost vne main assasine,
Qui rende du Daufin la ieunesse orpheline:
Et face que soyez le dernier de nos Rois.
   En vain donques en vain, tãt & tant de Francois,
S'atendent voir vn iour la terre Milanoise,
Reconquise par vous & rendue Francoise :
Sicile recouuerte & le fameux coupeau
Qui couure les Titans & leur sert de tombeau,
Et que le Castillan vaincu par vostre espee,
Soit contraint vous quiter la Nauarre occupee,
B ij

Le terroir du Brazil, auquel Vilegagnon
D'vn de vos deuanciers planta iadis le nom:
R'appelant ces meurtriers voſtre eſpee, guerriere,
N'ira iamais ſi loin eſtendre ſa frontiere,
Leurs peſtilens eſcrits, leurs predications
Et le ſecret venin de leurs confeſſions:
Sçaurõt biẽ engourdir les bras de vos genſdarmes,
Et faire reboucher la pointe de vos armes.

    Si doncques vous aimés cet enfant que les cieux
Benins vous ont donné, ſi eſtés deſireux,
Qu'il puiſſe quelque iour regner en ceſte France,
Pour Dieu redonnez luy ceſte meſme puiſſance,
Et la meſme ſplendeur qu'elle ſouloit auoir
Quand vos peuples n'auoient forligné du deuoir,
Lors qu'ils n'auoiẽt encor gouſté ceſte doctrine
Qu'vn Roy deut redouter l'alumele aſſaſine:
Les mandats de Tarpee & que le Pape peut
Depoſſeder nos Roys lors que ſaire il le veut.

    Sire vous le ferez gardant que ceſte ſecte
De ſon mortel venin plus de peuple n'infecte,
Ne leur permettant plus de viure parmi nous,
Ainſi pourrons nous bien voir vn iour apres vo us,
Cet enfant poſſeder en paix ceſte couronne
Sans craindre les efforts de la tourbe felone:
De tous vos ennemis qui viendront par dehors
Dont nos armes pourront rendre vains les efforts.

    Mais ſi l'ire du ciel qui voſtre eſtat menace
Permet que ces meurtriers y puiſſent auoir place,
Tenez pour tout certain qu'vne ſedition
Aura bien toſt reduit ceſte grand' nation:
Sur le point de ſe voir d'Eſpagne tributaire
Quand nous aurons vn Pape à la France contraire,

11

Lors que de longue main ils auront diſpoſez
Vos ſubiects aux deſſeins qu'ils ſe ſont propoſez,
Ainſi qu'en Portugal, dont ils ont la prouince
Soubmiſe à l'Eſpagnol & fait perdre le Prince.
  Deſtourne ce mal heur bon Dieu qui tant de fois
Sous tõ aiſle as couuett noſtre France & ſes Roys,
Qui as douze cens ans gardé ſa monarchie,
Sans qne deſſous ſon ioug l'eſtranger l'ait flechie,
Et fay naiſtre d'enhaɤt dans le cœur de ſon Roy
Vn aɋuis ſalutaire & pour elle & pour ſoy.
  Vous Royne que le ciel à nos vœus fauorable
A iointe à noſtre HENRY d'vn nœud inſeparable
Fermez, fermez l'oreille & n'allez eſcoutant,
La vois de ces pipeurs qui vous cajolent tant:
Qui par voſtre moyen penſant r'entrer en France
ɞour y faire germer la maudite ſemence,
De leurs peſteux deſſeins pour meurtrir voſtre eſ-
    poux
Ruiner voſtre fils, & voſtre France & vous.
  Et toy Royal enfant qui as par ta naiſſance
Au cœur des bons François fait naiſtre l'eſperance,
De voir durant nos iours luire vn ſiecle doré
Et cet antique eſtat pour iamais aſſeuré,
Contre tous les efforrs de l'Eſpagne ennemie
Verras-tu d'vn œil ſec ceux qui cerchent la vie,
De ton grand geniteur de ta Mere & de toy!
Qui traiſtres ſe couurans du manteau de la foy,
Afin de s'eſtablir machinent ta ruine
Ne crieras tu point d'vne voix enfantie?
Pour animer ton Pere & luy faire ſentir
Que du tort qu'on te fait il ſe doit reſentir,
Puis que ſon doux genie à oublié Barriere,

Et du traîſtre Chaſtel l'alumele meurtriere,
Les eſcrits de Guignard qui monſtroit dans Paris
Que qui le tueroit gagneroit Paradis:
Varade & Commelet qui crioyent en leurs Chaires
Qu'il faloit pour mener à bon port les affaires,
Leur auoir vn Ahod, n'importoit fuſt ſoldat,
Ou bien Religieux, ou bien ſimple goujat:
Qu'il faloit vn Ahod dont la main heroïque
Pour eſtouffer du tout le party politique,
Maſſacrat ce relaps Ieſuitiquement
Et fuſt imitateur de ſainct Iaques Clement.

   Et toy grand parlement oracle de Iuſtice,
Voy quel affront t'eſt fait s'il faut qu'on affoibliſſe,
Tes arreſts les plus ſaints des voiſins reuerez,
par leſquels de ton Roy les ennemis iurez,
Sont banis à bon droict de toute l'eſtendüe
Des pays ou d'Henry l'eſpée eſt recogniie,
Arreſts du ſainct Eſprit preſidant parmi toy,
pour maintenir l'eſtat ta ſplendeur & ton Roy,
Duquel les rapelant on hazardé la vie,
Et par meſme moyen on t'expoſe à l'ennie,
De tous ces aſſaſins & des ſeze voleurs
Que ſçauront reſtablir vn iour ces maſſacreurs:
   Mais puis que des deſtins la force ineuitable
Veut remettre entre nous l'engence abominable
De ces meurtriers de Roys, bon Dieu que ferons
   nous,
Afin qu'en voſtre endroit ils ſe rendēt plus doux.
   Le marbre elabouré de ceſte pyramide
Qui porte en lettre d'or graué le parricide,
De leur cher nourriçon, & leur banniſſement

Soit lors qu'ils reuiendront mise à bas prompte-
    ment,
Que dis ie mise à bas? l'Espagnole arrogance
Quand bien elle tiendroit dessous les pieds la Frāce,
Feroit-elle bien pis grand Roy souffriras tu
Que cet arrest si sainct soit sans force & vertu?
Comme il sera s'il faut que ce marbre on abate :
Dont ta cour aussi tost peut quiter l'escarlate,
Et le laisser debout, c'est monstrer en effect
R'apellant ces meurtriers iniuste cet arrest ,
Arrest qui t a gardé la couronne & la vie
He! si l'on voit iamais ta personne assaillie,
Par quelque autre assassin qui brasse ton trespas
A qui te plaindras-tu? ta Cour n'osera pas
De peur d'vn des-adueu punir ce parricide ,
Le front luy blesmira , ô genereux Alcide:
Rare honneur de nos Roys, ne souffre qu'a ce iour
On foule aux pieds ta force & l'honneur de ta Cour
Et que ceux qui n'ont peu te vaincre par les armes
Ni par les trahisons, te vainquent par les larmes:
T'ēpeschent d'escouter des bons François les cris,
  Amortissent l'amour que tu dois à ton fils,
A ta femme, à l'estat, qu'auec tant de courage,
Tu as ja tant de fois garenti du naufrage.
    Non, non ce Dieu qui t'a par sa dextre sauué
De tant de trahisons, & au Throsne esleué,
Benin t'assistera, pour d'vn mesme courage
Resister prudemment à l'affeté langage :
De tous ces affronteurs qui te parlent si doux
Pour trouuer le moyen de r'entrer parmy nous,
Pour nous perdre auec toy : qui d'vn masque hy-
    pocrite

Traitres vont de ſguiſans leur volonté maudite,
Lors tous les bons François ce grand Dieu benirõt,
Et de vœus ſolemnels les autels chargeront ,
Et de nos deuanciers les ames bien-heureuſes
Qui verſerent leur ſang ſur les plaines poudreuſes,
Par qui fuſt maint pàys par le fer deſerté,
Ayans paſſé les monts pour noſtre liberté,
Oyans conter au ciel ces ioyeuſes nouuelles
Te rendront tous rauis louanges immortelles :
De t'auoir fait regner pour ſauuer cet eſtat
Des aſſauts de Bellone & tout autre attentat.

Que ſi des importuns l'impoſteur artifice
Fait tant que ces meurtriers en Frãce on reſtabliſſe,
Pour le moins nos nepueux cognoiſtront quel-
    quesfois
Qu'vn Gaſcon diſcourant ſur l'eſtat des François,
Prophete à ſceu preuoir & trop à vray predire
Le malheur qui deuoit ruiner cet Empire .

M. Caſſandre.